Louise Leblanc

Ça va mal pour Sophie

Illustrations
de Marie-Louise Gay

*Premier livre
de lecture ZOé*

*À mon petit lapin
de Pâques.*

Je t'aime

la courte échelle
Les éditions de la courte échelle inc.

*maman
X X*

Les éditions de la courte échelle inc.
5243, boul. Saint-Laurent
Montréal (Québec) H2T 1S4

Conception graphique:
Derome design inc.

Révision des textes:
Odette Lord

Dépôt légal, 3e trimestre 1992
Bibliothèque nationale du Québec

Données de catalogage avant publication (Canada)

Leblanc, Louise, 1942-

  Ça va mal pour Sophie

  (Premier Roman; PR26)

  ISBN: 2-89021-177-0

  I. Gay, Marie-Louise.   II. Titre.   III. Collection.

PS8573.E25C38 1992   jC843'.54   C92-096064-2
PS9573.E25C38 1992
PZ23.E25C38 1992

Louise Leblanc

Née à Montréal, Louise Leblanc a fait son cours classique, puis des études en pédagogie à l'Université de Montréal. Ensuite, elle donne des cours de français, est mannequin, fait du théâtre, du mime et de la danse. Elle est aussi recherchiste et elle rédige des textes publicitaires. En véritable curieuse, elle s'intéresse à tout, elle joue donc aussi du piano et aime bien pratiquer plusieurs sports.

En 1983, elle gagne le prix Robert-Cliche pour son roman *37½ AA*. Et depuis 1985, elle se consacre à l'écriture. Elle a écrit plusieurs nouvelles. Elle a également publié des romans pour adultes et elle écrit aussi pour la télévision. Les romans de la série Sophie sont traduits en anglais et en espagnol. *Ça va mal pour Sophie* est son troisième roman à la courte échelle.

Marie-Louise Gay

Née à Québec, Marie-Louise Gay a fait des études à l'Institut des arts graphiques, à l'école du Musée des Beaux-Arts de Montréal et à l'*Academy of Art College* de San Francisco.

Depuis plus de quinze ans, on trouve ses illustrations dans des revues et dans des albums pour enfants qu'elle a aussi écrits. Pour la pièce de théâtre pour enfants *Bonne Fête, Willy,* dont elle est l'auteure, elle a créé les costumes, les décors et les marionnettes. On peut lire et regarder ses livres au Québec, au Canada anglais, aux États-Unis, en Grande-Bretagne, au Danemark, en Norvège, en Suède, en Espagne et en Australie.

En 1984, elle gagne les deux prix du Conseil des Arts en illustrations jeunesse, catégories française et anglaise. Et en 1987, elle obtient le Prix du Gouverneur général. *Ça va mal pour Sophie* est le troisième roman qu'elle illustre à la courte échelle.

De la même auteure, à la courte échelle

Collection Premier Roman

Série Sophie:
Ça suffit, Sophie!
Sophie lance et compte

Louise Leblanc

Ça va mal pour Sophie

Illustrations
de Marie-Louise Gay

la courte échelle

1
Sophie n'aime pas l'opéra

C'est le printemps! Le ciel est bleu, les oiseaux chantent, et tout le monde est joyeux. Tout le monde, sauf moi.

Et vous savez pourquoi? Parce que je voulais écouter de la musique et que je n'ai pas pu. Ce n'est pas compliqué, je ne peux jamais faire ce qui me plaît.

Dans le salon, mes parents avaient mis de l'opéra. C'est une sorte de musique qui dure longtemps. Avec des voix énervantes et des rires de sorcières.

Ma petite soeur, Bébé-Ange-Croton-d'amour, faisait la sieste.

Je me demande comment elle réussit à dormir avec tout ce vacarme.

Je suis descendue au sous-sol. Mais là, mon frère Julien regardait *Tintin sur la lune* pour la centième fois.

Mon frère Laurent, lui, jouait à la guerre. Quand l'armée des monstres attaquait, il lançait des cris bizarres et horribles.

Je suis vite remontée. Et j'ai dit à mes parents que j'avais trouvé une solution à mon problème.

Au même moment, un des chanteurs d'opéra s'est mis à rire. Un rire effrayant. J'étais certaine que mes parents n'avaient rien entendu. Alors, j'ai crié:

— SI J'AVAIS UN WALKMAN, MOI AUSSI, JE POURRAIS ÉCOUTER

DE LA MUSIQUE!

Je ne suis pas chanceuse, parce que le chanteur s'était arrêté.

— Il me semble que tu pourrais le demander autrement, m'a reproché mon père.

Il s'est tout de même informé:

— Combien coûte-t-il, ce fameux baladeur?

— Seulement cinquante dollars!

— CINQUANTE DOLLARS! a seulement répété ma mère.

— Commence par amasser un peu d'argent, et on en reparlera, a proposé mon père.

Ma mère l'a approuvé:

— On pourrait te donner 25 ¢ chaque fois que...

Pendant qu'elle faisait la liste des petits services que je pourrais rendre, tous les chanteurs d'opéra ont commencé à hurler. Et il y a eu un grand fracas de métal et de tambours.

Croton-d'amour s'est réveillée et elle s'est mise à pleurer.

Je trouvais qu'il y avait beaucoup de bruit pour faire des calculs. Alors, je suis sortie de la maison.

Et puis je pense que mes parents n'étaient pas contents. C'est même certain. Ils m'ont dit que j'avais réveillé Croton-d'amour.

INCROYABLE!

2
Ça va mal
pour Sophie

En tout cas, il n'est pas question de renoncer à mon baladeur ZESTE, parce que... parce que j'en veux un. Ce n'est pas plus compliqué.

Quand je l'ai vu dans le journal, cela a été le vrai coup de foudre. On dirait un gros bonbon au citron. Ça doit être pour ça qu'il s'appelle ZESTE.

En plus, il paraît que ZESTE est un très bon appareil. C'était écrit en grosses lettres jaunes dans le journal:

UN SON MAGIQUE!

APPUYEZ SUR LA TOUCHE ZESTE

ET VOTRE CHANTEUR PRÉFÉRÉ ARRIVE DANS VOTRE CHAMBRE.

Vous vous rendez compte!

Moi, j'aimerais bien que Puck Voisine vienne dans ma chambre. FIOU!

Il faut que je réfléchisse. Je ne suis pas certaine que le plan de mes parents soit un bon plan.

Je vais aller dans l'arbre qui sépare notre jardin de celui des voisins. Comme il n'y a pas de voisins depuis un an, je suis sûre d'avoir la paix.

Mon père dit que c'est un arbre *hors du commun*. Ça veut dire extraordinaire. Moi, je le trouve super, avec ses neuf troncs qui partent dans toutes les directions.

J'écarte les premières branches, qui touchent presque le

sol. Je m'installe au centre, là où il y a un tapis de mousse plus doux que le tapis du salon. Et je commence à réfléchir.

1) Le baladeur Zeste coûte 50 $. C'est TRÈS cher, mais je ne l'ai pas dit à mes parents, évidemment.

2) Dans ma tirelire, j'ai seulement 11,38 $. Ce n'est pas beaucoup.

3) Il faut que je calcule la différence entre 50 $ et 11,38 $... Cela fait... euh... exactement... environ 40 $. FIOU!

4) Je pense que je vais refuser la proposition de mes parents. Si je travaille pour eux, j'aurai mon baladeur Zeste à 95 ans.

Je ne sais pas si vous vous rendez compte du nombre de services à 25 ¢ que je devrai rendre pour amasser 40 $! Moi, je ne ferai même pas le calcul.

5) Je ne peux pas travailler à l'extérieur de la maison. Mes parents ne voudraient pas, c'est certain. Et puis il y a beaucoup trop de chômage.

Comme je ne peux pas gagner de l'argent, je pourrais peut-être... en emprunter! Ça, c'est un bon plan! Je vais emprunter de l'argent. Ce n'est pas plus compliqué. Mais à qui...?

AÏE! Je viens de recevoir quelque chose sur la tête!? J'espère que ce n'est pas l'oiseau qui habite au-dessus qui a échappé un de ses oeufs. Ou... qui vient d'aller aux toilettes! Non, je n'ai rien dans les cheveux. Fiou!

J'épluche tout le feuillage et

là... Je n'en reviens pas!

Savez-vous qui est perché sur une branche de mon arbre?

Une petite fille... un peu bizarre! On dirait qu'elle a une lavette sur la tête. Et elle a des cheveux NOIRS et RAIDES! Une vraie PUNK!

Grrr! Moi qui voulais avoir la paix.

— SOPHIE! SOPHIE, LE REPAS EST PRÊT!

Pour une fois, je suis contente que ma mère m'appelle. Je quitte mon arbre et je cours vers la maison.

Quelle journée! Ça va mal...

3
Sophie n'a pas faim

— Tu n'as pas l'air dans ton assiette, toi?

C'est ce que me dit ma mère au moment où j'arrive dans la cuisine. Et comme d'habitude, mon père ne me laisse pas le temps de m'expliquer:

— Si c'est à cause du baladeur, ce n'est pas le moment d'en discuter. Quand on mange, il faut rester calme.

Je reste très calme et je réponds:

— Le BALADEUR!? J'ai d'autres problèmes que ça!

En dedans de moi, je suis loin

d'être calme. Et je réponds à mes parents ce que je leur répondrais si je pouvais leur dire ce que je pense:

«C'est facile d'être calme, quand on a beaucoup d'argent et qu'on peut s'acheter tout ce qu'on veut. MÊME SI LES AUTRES NE SONT PAS D'ACCORD.»

— C'est quoi, un baladeur? demande Julien.

Ce n'est pas long que je lui dis ce que je pense:

— C'est un appareil qui permet d'écouter de la musique pendant que tu regardes *Tintin sur la lune*!

— Pourquoi veux-tu que j'écoute de la musique, alors que je regarde *Tintin sur la lune*?

Je ne réponds pas à Julien, parce que je suis trop découragée. Personne ne comprend rien, dans cette maison. Ce qui est terrible, c'est que personne ne s'en rend compte.

Julien croque une branche de céleri en me regardant comme si j'étais folle.

Laurent mange une olive en rigolant. Quand il a terminé, il me lance le noyau d'olive dans un oeil.

Je ne l'ai pas reçu dans l'oeil, parce que je me suis penchée. Le noyau est passé tout droit. Et il est allé atterrir à côté du pied de ma mère.

Ma mère a marché sur le noyau. Mais elle n'est pas tombée. Elle a seulement échappé le plat de moutarde qu'elle avait dans les mains.

Il y a de la moutarde partout. Surtout dans la purée de carottes de Croton-d'amour.

Croton-d'amour prend une ÉNORME bouchée de purée. Et elle la crache aussitôt en s'étouffant.

Il y a de la purée partout. Surtout sur la chemise de mon père, qui commence à s'énerver.

J'aurais envie de lui dire qu'il faut rester calme pendant le

repas. Je me contente de parler à ma mère:

— Avec tout ça, je n'ai plus très faim.

Je ne suis vraiment pas chanceuse, aujourd'hui. Au même moment, ma mère dépose devant moi un hamburger trois étages et une montagne de frites.

«DES FRITES! YOUPI! SUPER! MON PLAT PRÉFÉRÉ!»

Évidemment, ce n'est pas ce

que je dis. Comme une idiote, je répète:

— Je n'ai vraiment pas faim.

Enfin, ma mère s'inquiète:

— Si tu n'as pas envie de frites, c'est que ça va mal. QU'EST-CE qu'il y a?

Puisque quelqu'un s'intéresse à moi, j'en profite pour raconter l'histoire de la petite fille bizarre qui était dans mon arbre. Et pour

manger autant de frites que je peux sans que les autres s'en aperçoivent.

Vous savez comment? D'abord, il ne faut pas faire de trous dans la montagne de frites. Ce n'est pas compliqué. Il suffit de replacer les frites en tas chaque fois qu'on en prend une.

Puis il ne faut pas montrer qu'on est content de manger des belles frites dorées et croustillantes. Ça, c'est plus difficile, parce qu'il faut continuer d'avoir l'air de mauvaise humeur.

Je pense que j'ai réussi, car mon père me dit:

— Tu ne vas pas rester de mauvaise humeur jusqu'à ce que les voisins déménagent! Ils viennent d'arriver!

Mon père rit comme s'il venait

de dire quelque chose de drôle.

— Il doit bien y avoir assez de place pour deux petites filles dans un si gros arbre, non? Qui sait, vous allez peut-être devenir des amies!

J'avale deux, trois frites, en ayant l'air enragée.

— Ça me surprendrait. Je vous l'ai expliqué, elle est bizarre.

— Moi, je ne trouve pas que tu es bizarre. Et moi non plus, je ne suis pas bizarre.

Comme toujours, Julien n'a rien compris.

— Pourquoi dis-tu ça? lui demande ma mère.

— Parce que, nous aussi, on a des cheveux NOIRS et RAIDES comme les cheveux d'une lavette punk.

Tout le monde rit. Surtout Laurent. Grrr, lui et ses cheveux blonds, il se croit tellement beau. Et quand il s'arrête de rire, c'est encore pire. Vous savez ce qu'il dit?

— Je pense que je vais m'acheter un walkman. J'ai plein d'argent dans mon cochon-tirelire.

Je suis folle de rage! Plus enragée que moi, tu mords quelqu'un. À la place, je mords une frite et je dis à mes parents que je n'ai pas faim du tout. Et que je veux aller réfléchir dans ma chambre.

Mes parents n'en reviennent pas.

Laurent, lui, saute sur mon hamburger.

Il faut toujours qu'il prenne

mes affaires ou qu'il fasse comme moi. Grrr!

En tout cas, il n'aura pas mes
frites, parce que je les ai toutes
mangées...

4
Sophie met son plan
à exécution

En montant l'escalier, je ne pense qu'à une chose: Laurent va avoir un baladeur, et moi, je n'en aurai pas.

Il n'en est pas question. Ce serait TROP injuste. Il n'a pas besoin d'un baladeur pour jouer à la guerre. Tandis que moi, ça changerait toute ma vie.

En arrivant sur le palier, je me dis que je n'ai plus le temps de réfléchir. C'est clair comme de l'eau en bouteille.

Je me dirige vers la chambre de Laurent. C'est bizarre, parce que je ne sais pas trop pourquoi.

Le plancher bavarde à toute la famille:

— CRAAC! SOPHIE EST ENTRÉE DANS LA CHAMBRE DE LAURENT! CRAAC!

Il s'arrête quand je m'arrête devant le bureau de Laurent. C'est là que j'aperçois son cochon. Et que je comprends ce que je suis venue faire.

Je suis venue vérifier si Laurent a assez d'argent pour acheter un baladeur Zeste.

Je m'avance pour prendre la tirelire.

— CRAC!

Je marche vers le lit de Laurent.

— CRAC! CRAC! CRAC!

Je m'assois sur le lit.

— ZOOOUUIINGGG!

Les ressorts du lit, maintenant. Grrr! Je n'avais jamais re-marqué à quel point les choses ont une grande langue.

Je dois être malade. Je sens la fièvre qui me monte à la tête d'un seul coup. C'est terrible! J'ai l'impression d'être un ther-momètre qui va exploser.

Vite! J'enlève le bouchon du cochon que je renverse. Rien ne se passe. Il est tellement plein que l'ouverture est bloquée. Je le secoue. Mes mains tremblent.

Enfin, les pièces tombent sur l'édredon. Par millions! Je n'en reviens pas comme Laurent est riche. Ça va mal!

Je n'arriverai jamais à comp-ter tout ça en cinq minutes. C'est le temps que prend Laurent pour manger un hamburger.

Je sépare quand même les

cents des autres pièces de monnaie. Parce que je viens de penser qu'il y a de la tarte au sucre pour dessert. Et que Laurent en prend toujours deux fois.

Je remets les cents dans la tirelire sans les compter. Il y en a beaucoup trop et ils ne valent presque rien.

Ça veut dire que Laurent n'est pas aussi riche que je le croyais. Ça va mieux!

Ça va de mieux en mieux. Laurent ne possède que 13,90 $. Fiou! Je n'ai jamais calculé aussi vite de ma vie! Je me rends compte maintenant que les mathématiques, c'est TRÈS important.

Bon, je ferais mieux de remettre le cochon à sa place. Les autres doivent avoir fini de manger. Je me lève et là... je reçois un choc terrible!

Je viens de découvrir un billet de 10 $. Je le déplie pour être sûre que c'est un vrai. C'est épouvantable! Il y en a deux, non trois... non... quatre...

ÇA FAIT 40 $!

Mais Laurent est millionnaire! Il va pouvoir s'acheter un baladeur! NON! Il n'en est pas question. C'est moi qui... AÏE! J'entends du bruit.

Fiou que j'ai chaud! Je n'arrive pas à remettre les 10 $ dans le cochon de Laurent. Il est trop plein, c'est certain. Mon coeur me donne des coups de poing comme s'il était pris au piège et qu'il voulait sortir.

Vite! Il faut que je fasse quelque chose! Je vais mettre mon

plan à exécution. C'est ça! Je
vais emprunter de l'argent à
Laurent: 20 $! Parce qu'il y a
juste assez d'espace dans son

cochon pour deux 10 $.

Vite! Je remets la tirelire à sa place et je sors de la chambre.

— CRAAAAC! SOPHIE SORT DE LA CHAMBRE DE LAURENT! CRAAC!

Fiou que j'ai chaud. Je dois avoir les cheveux aussi mouillés qu'une... lavette... Grrr!

5
Sophie a peur

Je descends l'escalier comme si rien ne s'était passé. Il y a juste mon coeur qui frappe encore pour sortir. Mais personne ne peut l'entendre.

— Une tomate! Une grosse tomate à vendre!

Laurent ne se doute de rien. Il joue au magasin avec Julien et Bébé-Ange.

C'est un jeu idiot, qui consiste à acheter des tas de trucs qui n'existent pas et à payer avec de l'argent invisible.

Une chance, parce que c'est Laurent qui fait le vendeur:

— Une belle grosse tomate à vendre!

— *TOOOMATE?* demande Bébé-Ange.

— Elle descend l'escalier, Bébé-Ange, regarde!

Une tomate qui descend l'escalier. Vraiment idiot. Une tomate qui descend l'escalier! Mais c'est moi, ça!

Ce n'est pas parce que j'ai emprunté de l'argent à Laurent que je suis obligée de le laisser m'insulter. Et puis je me demande ce qu'il veut dire:

— Qu'est-ce que tu veux dire?

— Que tu es rouge comme une tomate.

— Je ne suis pas rouge du tout!

— Tu ne t'es pas vue dans le

miroir! Plus rouge que ça, tu saignes.

— Tu sauras que j'aime mieux avoir l'air d'une tomate que d'un CON-COM-BRE.

— Pas moi! Un concombre, c'est plus fort. Je vais t'écraser.

— Essaye pour voir!

Laurent et moi, on commence à se battre. Et Bébé-Ange s'inquiète à mon sujet:

— *Pôôôve tooomate...*

Julien se retrouve dans les aventures de Tintin:

— Arrêtez! Espèces de bachi-bouzouks!

Il répète des mots qu'il ne comprend même pas:

— Je vais vous trucider avec mon épée invincible! Arrêtez ou je vous arrête au nom de la loi.

Laurent et moi, on s'en fout

complètement. Et on continue à se battre. Je ne l'ai jamais autant détesté de ma vie. On dirait que je lui en veux de lui avoir pris de l'argent dans son cochon.

Julien met sa menace à exécution. Il fonce sur nous avec son épée invincible, en tenant ses lunettes et en hurlant:

— À l'abordage, mille millions de tonnerre de *braise!*

Il reçoit un coup de poing sur le nez et il perd ses lunettes. Le sang coule de son nez comme dans les dessins animés. Mes parents arrivent à ce moment-là.

— ÇA SUFFIT! dit simplement mon père.

Laurent et moi, on arrête aussitôt de se battre. Mais il est trop tard. Les lunettes de Julien ont les deux yeux séparés et remplis de miettes.

Mes parents prétendent que je n'ai pas assez réfléchi. Et ils me conseillent de retourner dans ma chambre. Ils conseillent la

même chose à Laurent.

Je n'aime pas ça, qu'il reste tout seul dans sa chambre.

Je m'approche de la porte... et j'écoute... Je n'entends rien. Pas un bruit de cents qui tombent. C'est bizarre, parce que ça ne me rassure pas du tout.

Je recommence à avoir chaud. Je me sens encore plus mal que lorsque j'ai pris l'argent dans le cochon de Laurent. Je pense que... que j'ai... peur...

C'est TERRIBLE! J'ai l'impression que ça ne finira jamais...

6
Sophie devient vendeuse

Depuis une semaine, bien des choses ont changé. Mes parents ont enfin compris que j'avais besoin d'un baladeur. Ils espèrent aussi que la paix va revenir dans la maison.

Pour amasser de l'argent, ils ont trouvé un nouveau plan, meilleur que le premier. Ils m'ont proposé de faire une vente-débarras.

Le problème, c'est qu'ils ont refusé de me donner des choses qui leur appartiennent. Il a fallu que je choisisse parmi les miennes.

J'ai commencé par mettre de côté tous les jouets auxquels je tenais absolument. À la fin, il ne restait que des billes cassées, une poupée chauve, des auto-collants sans colle...

Je sais que les gens achètent n'importe quoi, mais quand même, j'ai pensé que ce n'était pas suffisant. Et j'ai décidé de faire une vente de peintures, parce que je suis très bonne en dessin.

En une semaine, j'en ai fait une trentaine. J'aurais pu en faire beaucoup plus si je n'avais pas surveillé Laurent. Mais j'aurais eu plus peur, aussi...

Laurent n'en revenait pas que je veuille toujours m'amuser avec lui. Surtout lorsque j'ai accepté de faire le monstre, dans la guerre du monstre contre Laurent Le Terrible.

Et il est tombé par terre, les yeux ronds comme des 25 ¢, quand je lui ai proposé de jouer au magasin avec Julien et Bébé-Ange.

C'est comme ça que je suis devenue une excellente vendeuse. Aujourd'hui, je vais me débarrasser de toutes mes vieilles affaires. C'est certain.

ET DEMAIN, DEMAIN, J'AURAI MON BALADEUR ZESTE!

Bon, si je veux ouvrir mon magasin à dix heures, il faut que je transporte toute la marchandise sur le trottoir.

Je sors de la maison. Et là, je découvre que mes parents ont tout installé sur une table. Ils ont même ajouté des objets à eux. Une vraie boutique!

Et MAMIE est venue! Elle dit qu'elle avait envie de magasiner. Mes parents aussi, parce qu'ils achètent beaucoup de choses. Julien aussi. Même Bébé-Ange. Avec l'argent de mes parents.

Tout le monde est venu, sauf... Laurent.

En dedans de moi, je panique aussitôt: «HEIN! LAURENT N'EST PAS LÀ?»

Mais je fais semblant d'être calme et je dis simplement:

— Hein! Laurent n'est pas là?

Avant d'entrer dans la maison, Mamie essaie de me rassurer:

— Laurent va certainement t'acheter quelque chose, mon petit chou.

Pauvre Mamie, elle ne sait

pas que c'est justement ça qui m'inquiète. Si, au moins, il y avait des passants qui s'arrêtaient, je n'y penserais plus. Mais il n'y a personne.

Je regarde à gauche... Rien. Même pas deux petits points

noirs, qui pourraient grossir et devenir des clients. Je regarde à droite... QUOI! AH NON!

Savez-vous qui j'aperçois?

La nouvelle voisine, qui était perchée sur une branche de mon arbre.

Et savez-vous ce qu'elle fait, LA NOUVELLE VOISINE?

Elle ouvre un magasin, elle aussi. Et ses parents l'aident. Comme les miens. Grrr! Ça me fatigue, les gens qui copient les autres!

Je suppose qu'elle veut aussi s'acheter un baladeur! Et qu'elle a fait des dessins!

Ah non! elle n'a pas fait de dessins. Elle a fait des... gâteaux.

DES GÂTEAUX! ÇA, C'EST UNE BONNE IDÉE!

Ça va mal...

7
Sophie et les vieux bébés

Depuis une heure, il y a eu beaucoup de clients. Mais ils ont passé tout droit et ils se sont arrêtés chez la voisine.

C'est décourageant. Les gens n'aiment pas du tout la peinture. Ils préfèrent la nourriture.

Il faut que je sois meilleure vendeuse. C'est certain.

J'aperçois un groupe de points noirs qui se rapprochent. Pour me donner du courage, je ferme les yeux. Et je me mets à crier:

— DES DESSINS! DES BEAUX DESSINS À VENDRE! DES CRAVATES ET DES POUPÉES! DES

CUILLÈRES ET DES COUTEAUX!

— Hé toi! La punaise!

Ça y est! Les clients ont encore passé tout droit. Ils parlent à la voisine.

J'ouvre les yeux. Et je m'aperçois que la punaise, c'est moi.

Devant ma table, il y a sept grands garçons habillés de la même façon. Ils portent tous des jeans noirs, des bottines aux bouts en métal et des petits tee-shirts remplis de gros muscles. Et ils n'ont pas un poil sur la tête.

C'est incroyable! Ils sont tous chauves comme ma poupée. On dirait des vieux bébés. Ils sont vraiment laids.

Quand même, ils vont peut-être m'acheter quelque chose.

— Ils sont jolis, les couteaux
de la punaise, hein, Adolf?
— Très jolis, Tom.

Ils ont tous l'air de trouver mes couteaux formidables. Moi, je les trouve ordinaires. Mais mon père m'a dit que le client avait toujours raison.

— Je veux bien vous les vendre, mes couteaux.

— Nous les vendre! Ha! ha! ha!

Tous les vieux bébés se mettent à rire. Je n'ai jamais entendu rire comme ça de ma vie.

— On ne veut pas te les acheter, punaise. On veut te les EM-PRUNTER.

— Comment ça, emprunter? Qu'est-ce que ça veut dire?

— Ça veut dire, ha! ha! ha! qu'on les veut et qu'on les prend, parce qu'on en a besoin. Tu comprends? Ha! ha! ha!...

Tous les bébés recommencent à rire en prenant chacun un couteau.

Là, je trouve que le client n'a pas raison. Et en dedans de moi, je proteste: «Ce n'est pas emprunté, ça, c'est du vol!»

La nouvelle voisine n'est pas d'accord non plus, parce qu'elle se sauve en criant:

— AUX VOLEURS!

Puis tout se passe très vite.

Un des voleurs rattrape la voisine:

— Toi, l'autre punaise, tu restes là, sinon je t'écrase!

Puis ils renversent ma table. Et ils cassent tout, en mangeant des gâteaux. Un des horribles bébés enfonce son couteau dans le ventre de ma poupée, qui crie: «Maman!»

La voisine et moi, on se jette

dans les bras l'une de l'autre. Et on tremble ensemble.

Au coin de la rue, j'aperçois une vieille mamie qui se sauve. Et loin, très loin, deux petits points noirs.

Puis je reçois un vrai choc! Laurent... est là, caché derrière

le sapin! Maintenant, il rampe sur la pelouse. Comme il fait quand il joue à la guerre.

Ça y est, il est arrivé près des marches du perron. Il bondit et entre dans la maison. Fiou! Les voleurs n'ont rien vu. Ils s'amusent beaucoup trop.

Quelques secondes plus tard, Julien sort de la maison en courant, suivi de mon père:

— REVIENS, JULIEN!

Il est trop tard. Julien a foncé avec son épée:

— ARRÊTEZ OU JE VOUS ARRÊTE AU NOM DE LA LOI!

Il reçoit aussitôt un coup de poing sur le nez et il perd ses nouvelles lunettes.

Mon père arrive, mais il n'a pas le temps de se battre, parce qu'on entend la sirène d'une voiture de police.

Les voleurs arrêtent de rire et ils commencent à courir. Ils redeviennent des petits points noirs à une vitesse incroyable.

Fiou! Ils ont disparu. Mais je ne me sens pas mieux du tout. Je suis étourdie. La voisine aussi, parce qu'elle tombe avec moi dans... les... *pomm...*

8
Sophie a très chaud!

Les policiers sont venus à la maison. Ils ont remercié Laurent de leur avoir téléphoné, et ils l'ont félicité pour sa bravoure. Grâce à lui, les voyous de la bande des *Chauves-Souris* ne reviendraient pas de sitôt.

Ils ont ajouté que Laurent était un des plus grands *zéros* qu'ils avaient rencontrés.

Évidemment, Julien n'a pas compris. Alors, mon père lui a expliqué:

— Héros. Un des plus grands héros, Julien, parce que Laurent a mis en fuite la terrible bande des *Chauves-Souris.*

Julien a enlevé ses nouvelles lunettes déjà abîmées et il s'est fâché contre les policiers:

— C'est moi, espèces de bachi-bouzouks, qui ai fait fuir les *Chauves-Souris* avec mon épée invincible, mille millions de tonnerre de *braise!*

Les policiers ont reculé et ils sont devenus tout rouges. Alors, Bébé-Ange les a insultés:

— *TOOOMATES!*

J'ai raconté aux policiers l'histoire de la tomate qui descend l'escalier, et la bagarre générale qui a suivi.

Les policiers sont partis en riant, et en répétant: «Quelle famille! Quelle famille...!»

Moi, je trouve que mes deux frères ont été formidables. Sans eux, je pense que les *Chauves-Souris* nous auraient scalpées, la voisine et moi.

La voisine aussi est formidable. Maintenant que je la connais, je ne la trouve plus bizarre du tout. Elle s'appelle Lola et elle vient d'Amérique du Sud.

Ses parents ont quitté leur pays à cause du général Ricochet et de sa bande. Il paraît qu'ils sont pires que les *Chauves-Souris*. Et Lola vendait des gâteaux pour envoyer de l'argent à ceux qui se battent contre eux.

Je ne lui ai pas dit que j'avais ouvert un magasin pour acheter un baladeur. D'ailleurs, je n'en ai plus besoin.

Je n'ai pas le temps d'écouter de la musique. Lola et moi, on se réunit tous les jours. On essaie de trouver un meilleur plan pour mettre en fuite la bande du général Ricochet. Le commerce, c'est trop dangereux.

Emprunter de l'argent aussi. C'est bizarre, je n'ai eu aucun

problème à mettre les deux billets de 10 $ dans la tirelire de Laurent.

Quand même, j'ai eu très chaud. J'avais peur que mes parents me surprennent et croient que je suis une voleuse. Ça leur aurait fait beaucoup de peine. Et à Mamie aussi. Fiou!

Je pense qu'avant d'emprunter de l'argent, je vais réfléchir. Parce que ce n'est vraiment pas une vie de toujours avoir peur. C'est certain.

Table des matières

Achevé d'imprimer
sur les presses de Litho Acme Inc.